이숨 네 컷

마음속 빈칸을 하나씩 채워줄게요

이숨 지음

이숨 네 컷

마음속 빈칸을

하나씩

채워줄게요

텍스트
CU3E

행운

자랑

뽑기 2

집에 가는 길

만남

마음을 모아주신 여러분 덕분입니다

처음으로 여러분께 편지를 드립니다.

살다 보면 자신감을 잃고 불안과 고민에 빠질 때가 있어요.

이렇게 힘겨울 때, 누군가는 사람들을 만나 위로를 받거나,

운동으로 땀을 흘리고, 해답을 찾으려 책을 뒤적이죠.

저의 방법은 낙서였어요. 낙서가 그림이 되고 그림이

다시 네 컷의 이야기가 되었습니다. 네 개의 상자 안에

그림을 그리며 복잡한 감정을 정리했어요.

스스로를 격려하기도 하고, 실없는 농담을 건네기도 했습니다.

차곡차곡 그린 그림을 SNS에 올리기 시작했어요.

일기와 다름없던 그림을 한데 모아 놓기 위한 용도였지요.

그런데 점점 많은 분이 공감과 응원을 보내주셨어요.

댓글로 남겨 주시는 다양한 고민과 사연을 보며

제 마음을 괴롭히는 상처와 고통은

사실 우리 모두가 겪어내며 살고 있는 것이구나 깨달았어요.

가끔 제 그림을 보며 위로를 받았다는 이야기를 해주시지만

가장 큰 위로와 치유를 받은 건 바로 저라고 생각해요.

독백으로 시작했던 저의 이야기는 어느새

여러분과 나누는 즐겁고 따뜻한 대화가 되었어요.

아련한 추억, 소중한 사람들, 가슴 아픈 기억, 서툴지만 즐거운 일상.

함께 나눌 수 있는 작은 창이 생겨서 너무나 감사하고 기쁩니다.

그 감사함이 새로운 이야기의 씨앗이 되고 있답니다.

2년의 시간 동안 함께 웃고 울었던 소중한 시간을 엮어

한 권의 책으로 만들었어요. 이 책의 주인공은

바로 여러분입니다. 저는 오늘도 묵묵히

여러분과 함께할 이야기를 그리겠습니다.

부디 한 장, 한 장, 페이지를 넘기시는 여러분께 잠시라도

삶의 온기와 위로, 행복을 전할 수 있다면 참 좋겠습니다.

이숨 드림.

차례

1부 맞물려 이어지는 인생의 순간들

1장

내가 아직 서툴고 어릴 때

나눔의 즐거움

그럼 이거 먹어 볼래?
이번엔 진짜야!

소망

친구

계획 변경

행복한 여우

선물

만우절

나를 위해 하는 말

이숨 네 컷

굳이 말할 필요 없어
세상이 너를 알아봐 줄 거니까

펭귄의 안부

이솝네컷

가족

눈치게임

문득

출근해 보니 책상이 복도에 나와있더군
끝까지 버티기로 다짐했어 그런데...

다리가 후들거렸지만 주저앉지 않았어
자존심이 상했거든 그런데..

삼각김밥으로 저녁을 때우는데
코피가 터지더라
대충 닦고 다시 배송했지 그런데..

문득 떠올랐어

엄..마....

너와 나의 이야기

모양이 반듯하네
좋은 맷돌이 될 수 있겠다

우람한 덩치 좀 봐
멋있는 조각상이 되겠네

어쩜 저렇게 매끈할까?
훌륭한 대리석이 되겠구나

다들 너무 부러워..
나는 뭐가 될 수 있는 거지?

엉엉

유난히 힘들었던 시기에
저를 위해 그렸던 그림이에요.
누구나 자신만의 보석을
품고 살아가고 있다고 생각해요.
꼭 찾을 수 있을 거예요.

큐브

사자의 아들

팝콘 되는 날

길에서 우연히

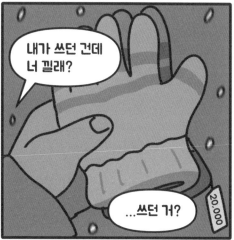

너의 남자가 될 수만 있다면
방귀대장이라도 좋아

믿을 수 없는 일

거짓말

발걸음

처음 자전거를 배우던 때가 기억납니다.

엉거주춤 비틀대며 넘어지기를 반복했어요.

무릎이 까지고 멍이 들었지만 다시 일어나 핸들을 붙잡았죠.

마침내 중심을 잡고 달리기 시작했을 때의 기분은

엉망이 된 무릎의 아픔을 잊을 만큼 날아갈 것 같았어요.

인생에서 '두 발 자전거 배우기'의 빈칸이 채워지던 순간이었습니다.

돌이켜 보면 어린 시절은 빈칸을 채워 나가는 과정의 연속이었어요.

학교, 집, 사회에서 모든 게 서툴고 무지하기에 채워야 할 것이 많고,

그것들을 거침없이 메꿔 나가며 기쁨을 느꼈죠.

그때의 빈칸들은 행복을 담는 상자가 아니었을까요?

어른이 된 지금, 모든 빈 칸을 멋지게 채울 거라는

어린 시절의 다짐과 달리

인생의 빈칸을 채우는 일이란 참 어렵구나 실감하며 살아갑니다.

현실을 마주하고, 타인과 비교하는 일이 잦아지며

빈칸들은 어느새 마음을 짓누르는 무거운 짐이 되었어요.

때로는 시도도 하지 않은 채 외면하고 도망치는 자신을 발견하곤 합니다.

'내가 아직 서툴고 어릴 때'를 잊고 지내는 순간이 많습니다.

그로 인해 많은 기회를 놓치고 후회를 하기도 하고요.

다시금 서툴고 어린 때의 기억을 소중히 간직하려 합니다.

상처투성이 무릎이라도 다시 핸들을 잡는 용기를 잃지 않는다면,

아직 채우지 못한 빈칸들을 행복으로 바꿀 수 있을 테니까요.

2장
설레는 고백, 청춘

직감

비밀

최고

기념일

이솝네컷

추억을 떠올려 보면

저는 어디에 간 것보다

누구와 함께 했는지가

더 선명하게 기억나는 것 같아요.

여러분은 어떠신가요?

근황

친밀도

빼곡히 채우면

사랑의 증거

장황하게 말할 필요 없어
따뜻한 시선,
그거 하나면 충분해

도전

바다코끼리 수영 대회

소개팅

기적

네 잎 클로버를 발견할 확률
10,000분의 1

로열 스트레이트 플러시의 확률
2,600,000분의 1

로또 1등 당첨의 확률
8,100,000분의 1

너와 내가 만나 사랑에 빠질 확률
7,800,000,000분의 1

이숨 네 컷

불꽃

왜냐고 묻지 마
나도 모르게 스며든 거야

이상형

내 이상형은 하얀 피부에

키가 크고

안경이 잘 어울리는..

미안 버스를 놓쳐서~!!

사람'이었지'

솔직히 말해 나한테 무슨 마법 걸었어?

마법? 그게 무슨 소리야?

화.. 많이 났구나?

실타래

모임

선택

뽑기

실연

문득 예고 없이 불어오는

겨울바람처럼

지금 오롯이 내 가슴을 파고드는

너의 흔적

추억

이럴 리가 없어..

너무 아파, 묻은 기억인데

너무 미워, 버린 기억인데

왜 이리 예쁘게 자란 거야?

이숨네컷

만약에

당신만을 바라볼래요

따뜻하게 안아줄게요

사랑한다 말할 거예요

시간을 돌릴 수만 있다면...

맛집 가이드

이숲 네컷

과정

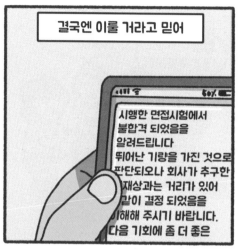

베스트 프렌드

변함없는 한 가지….

자취를 하며 요리를 시작했어요.

여러 번 요리를 망치고, 주방을 엉망으로 만들기도 했지요.

하지만 그저 먹기만 했던 음식들을 내 손으로 만들 수 있다는 사실이

뿌듯하고 즐거웠습니다.

가장 이상한 점은 맛을 조절하는 방법이었어요.

'신맛을 잡는데 설탕을 넣으라고? 이게 맞아?'

'단맛을 더하는데 왜 소금을 넣어?'

요리를 하며 우리에게 익숙한 맛은 사실 다양한 조합으로

만들어진다는 것을 배우게 되었죠.

저의 일상도 이와 비슷한 것 같아요.

향기롭고 달콤한 인생을 그렸지만,

쓰디쓴 실패의 연속.

짠맛 나는 눈물의 이별.

업무에서 마주치는 시고 떫은 인간관계.

혼이 쏙 빠지는 매운맛의 현실들.

원하지 않았던 맛들의 뒤범벅이었지요.

요리의 경험이 쌓이면서 이제 원하는 맛을 내는 건 그리 어렵지 않아요.

하지만 삶에서는 여전히 예상치 못한 맛들이 튀어나옵니다.

그 맛들은 저를 슬프고, 두렵고, 때로는 고민에 빠지게 만들죠.

뜻대로 되지 않는 인생에서 힘든 순간이 많지만

그래도 결국 이런저런 다양한 맛의 조합이

내가 원하는 인생의 맛을 만들어 주지 않을까요?

우리의 설레는 청춘은 아직 끝나지 않았기에,

저는 언젠가 제 입맛에 딱 맞는 행복한 순간이 올 것이라 믿고 싶습니다.

3장

닮은 듯 다른 연결, 가족

믿을 수 없는 이야기

내 걸 다 주고 안 아까운 사람이 어디 있어? 아닌 척하는 거지

세상을 다 가진 기분? 내가 왕이야? 그걸 어떻게 아냐?

하루아침에 딴 사람이 되는 게 말이 돼? 사람은 절대 안 변해

와...세상에...

데칼코마니

이숲 네 컷

이다음에 크면

용

거짓말 탐지기

선물

가장 기쁜 날

아빠는 말이야.
너희 때문에 힘들지 않아.
너희 때문에 행복해.

짐

존경심

이숨 네 컷

해피 크리스마스

산타를 만나면 얼마나 신날까?

저 예쁜 케이크는 무슨 맛이지?

리본 달린 선물을 받으면 정말 기쁠 거야

이 모든 걸 네게 줄 수 있어서 행복해

우리 아빠는

짧은 여행

진짜 낯설어...

왜 이렇게 넓어 보이지?

이건 너무 고요하잖... 응?!

아기 미용 끝났어요 데리러 오세요~

왈왈왈!!

빨리와~!

네! 지금 갈게요!!

마트료시카

환생 옵션

무색의 카멜레온

효과가 있다면
안 먹어 본 열매가 없고

가보지 않은 곳이 없어

네 색깔을 찾아줄 때까지
절대로 포기 안 할 거야! 그런데..

어?!

얘들아
쟤 좀 봐!!

이미 누구보다 예쁜 색을
만들고 있구나..

엄마 그렸어!

우와 대단해!!

진짜 같아!!

물물교환

아버지의 시간을
살 수만 있다면요

거리

이숨 네 컷

낮잠

용감한 사자

이솝네컷

그랬더라면

부모를 잘 만났으면
배불리 먹을 수 있었을 텐데

부모를 잘 만났으면
당당히 걸을 수 있었을 텐데

부모를 잘 만났으면
훨훨 날아다닐 수 있었을 텐데

그런데도 행복하게
웃어줘서 정말 고마워

아빠!!
아빠!!

레시피

이숨 네 컷

고백

기한

이숩네컷

이제는 전할 수도,

그렇다고 버리지도 못할

말들이 있어요.

미뤄 두지 마세요.

변하지 않는 한 가지

팥죽

채점

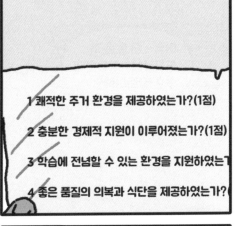

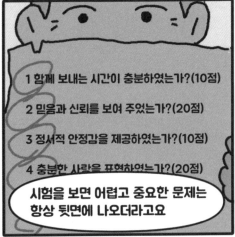

재회

대학생이던 어느 날 이른 새벽, 한 통의 전화가 걸려왔습니다.

큰아버지였습니다, 당시에 할아버지 건강 좋지 않으셨기 때문에

마음이 덜컥 내려앉았습니다.

"아버지가 돌아가실 것 같으니 지금 빨리 병원으로 와야겠다."

서둘러 옷을 입고 학교 기숙사에서 달려 나왔습니다.

그리고 병원에 도착할 때가 다 되어서야 큰아버지께서 말씀하신

'아버지'는 저의 아버지라는 것을 알게 되었습니다.

갑자기 쓰러진 아버지는 이미 의식이 없으셨고

그날 저녁, 저는 그렇게 아버지를 잃었습니다.

"어 왜?"

"응 그냥 걸었지~"

"나 지금 수업 들어가니까 나중에 전화할게."

전날에 나눈 10초의 짧은 통화가 아버지와의 마지막 대화가 되었습니다.

그렇게 전화를 끊었던 자신을 수없이 원망했습니다.

아버지와 함께 할 수 있는 시간이 남지 않았다는 것과,

제 삶에서 아버지의 연결 고리가 모두 끊어졌다는 사실이

끔찍한 상처가 되어 마음을 아프게 했습니다.

오랜 시간 상처를 회복하려 노력했지만 쉽지 않았습니다.

그런데, 그렇게 찾아 헤매던 상처의 치료약은

놀랍게도 저에게 있었습니다.

다시는 볼 수 없을 것이라 생각했던 아버지의 모습들을

문득문득 저에게서 발견했기 때문이죠.

인상, 성격, 입맛, 젓가락질 방법부터 제가 가진 장점이나,

재능에서도 아버지의 존재감이 느껴졌습니다.

예전엔 아버지와 제가 모든 면에서 너무 다르다고 생각했습니다.

그런 차이를 이해하기 어려웠고 다투는 일도 많았습니다.

하지만 조금씩 아버지를 닮아가는 저를 보면서

우리 둘의 연결 고리는 여전히 이어져 있음을 깨달았습니다.

가끔 혼자 상상을 하곤 합니다.

시간이 흘러 먼 훗날 다시 아버지를 만나게 된다면,

그때는 서로 닮은 모습으로 오랫동안 긴 이야기를 나누고 싶습니다.

4장
모든 것이 사라져도 빛나고 있어

일력

이숨네컷

아름다운 시간들을 지나 눈물을 참으며
긴 세월을 걷다가 문득 바라본 하늘 위
축복인 듯 온몸으로 반짝이는
별들의 소란함이 내 안에 들어왔다.

추억의 맛

이숨네컷

마중

심장

유행

알고보니

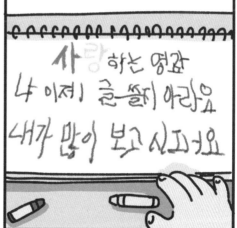

여기까지 이렇게 숨차게 달려왔는데

시간아, 너는 여전히 낯설다.

먼 미래

약초

이숨네컷

상대성 이론

기록

이숨네컷

금기어

이따 애들 오면 뭐 뭐 물어보지 말라 그랬지? 그 직장이랑.. 또

아무것도 물어보지 마요!! 그러다 다음부터 안 오면 어쩌려고!!

저기

에헴!!

근데

에헤헴!!

??

장모님 가볼게요

그래 조심해서 가게!

시무룩

할아버지 안녕히 계세요~

으응 그래..

저 작은 회사 다닌지 4달 됐고 거기서 만난 남자친구도 있어요

속닥속닥

아이고 그래!? 잘 됐네!! 나는 하나도 안 궁금했어!

전하고 싶은 말

스마트폰을 바꾸더라도

몇 년이고 계속 간직하는

메시지들이 있어요.

한 자 한 자 마음으로

꾹꾹 눌러 쓴 듯한 메시지들...

그저 갖고 있는 것만으로

마음이 따뜻해지는...

하루의 값

거북이의 여행

기다림

아이스1께끼

찬란하고 눈부셨던 시간들
내 앞에 저무는 노을 또한 찬란하고 아름다운데…
친구야 보고 싶다

혜택

이숨네컷

중고 거래

예전엔

분실

몇 년 만에 예전 직장 동료들을 만났습니다.

점심도, 저녁도 아닌 애매한 시간에 만난 우리들은

재료를 상세히 골라 먹을 수 있는 샌드위치 집에 들어갔습니다.

동료들은 저마다의 조합법으로 능숙하게 주문을 시켰지만

이런 방법에 익숙하지 않은 저는 동료의 추천 메뉴를 따라

주문했습니다.

각각 다른 샌드위치를 들고 이야기를 시작했습니다.

하지만 대화는 얼마 가지 않아 신세 한탄으로 전환되었죠.

다들 집, 차, 직장 등, 비슷비슷한 고민을 가지고 있었습니다.

저 역시 동질감을 느끼며 동료들의 이야기를 들었습니다.

2차로 가볍게 맥주를 마시고 몇 년 만의 모임은 마무리가 되었습니다.

집에 돌아가는 길에 문득 이런 생각이 들었습니다.

'샌드위치 취향조차 분명하고 다양한데

삶의 기준은 어쩜 그렇게 비슷할까?'

빛을 잃어가는 동료들의 표정이 떠올라 쓸쓸함이 느껴졌습니다.

저는 스마트폰을 꺼내 들었습니다. 아무래도 찾고 싶었어요.

제게 맞는 샌드위치의 조합법을요.

사실 동료의 추천 메뉴가 제 입맛에는 영 맞지 않았거든요.

삶과 행복의 기준도 샌드위치 주문만큼 다양하고 분명했다면

우리는 좀 더 밝은 얼굴로 이야기할 수 있었을 겁니다.

땅 위에선 느림보라고 불리는 거북이가

물속에서는 32km의 속도로 헤엄친다고 합니다.

수영 세계신기록이 시속 6km인데 말이죠.

우리도 남들과 비교하지 않고 자신만의 명확한 기준을 찾는다면

어떤 상황에서라도, 모든 것이 사라져도,

오래도록 빛나지 않을까 생각합니다.

2부   따뜻하게 채우는 일상의 순간들

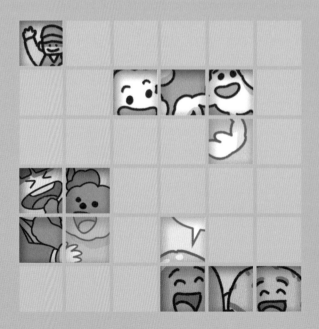

1장
진심을 주고받기

SNS

구름

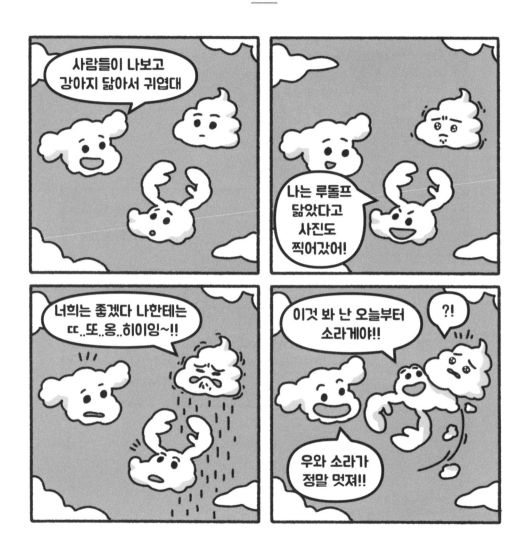

대화

이숲네컷

작은 온기

목욕의 효과

불면증

**함께 있어야
잠이 오는 이유**

지금 필요한 건

이숨네컷

힘든 날

맛있게 먹는 법

문어의 만남

연결

지하철에서 본 상황을
그대로 그렸어요.
마치 머리 위에 와이파이가
보이는 것 같더라고요.
예상치 못한 곳에서 이야기를
발견하는 경우가 많답니다.

게임의 이유

빛깔

너라는 열쇠.
. . . .

열쇠

크고 화려한 열쇠를 만들고 싶었어
멋진 길을 열어 어디든 갈 수 있도록

내 맘처럼 만들어지지 않더라
단 한 발짝도 움직일 수 없었지

이게 뭐야..
정말 한심해

하지만 너를 만나고

심플하고 튼튼하게
만들었네! 정말 멋지다~

뭐 하는 거야?

드르륵
드르륵

이제 나는 어디든 갈 수 있어

열쇠는
필요없지

선물의 크기

다정했던 말

엘리베이터

호랑이 숲

예술의 원동력

이솝 네 컷

가끔 작업할 때
지치거나 아이디어가
떠오르지 않을 때,
남겨 주신 응원 메시지를
찾아봅니다.
그것만큼 힘 나는 게 없거든요!

겨울이 지나고

이숨네컷

새 모자

한마디

이숨네컷

소통

2장

넘어져도 괜찮아

램프의 요정

재능

하나씩 꽁꽁 숨겨놓은 이유는
용기를 내 직접 꺼내보길
바라기 때문입니다.

용감한 비둘기

이숨 네컷

살아가면서 두렵고
힘겨운 순간을
마주할 때가 많지요.
그럴 때마다 저는 생각해요.
'걱정하지 마, 이미 우리는
훌륭하게 날고 있어.'

CMYK

달고나

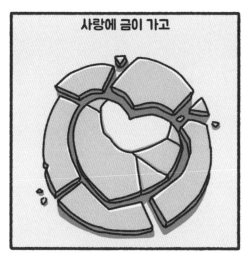

사랑에 금이 가고

꿈은 부서지고

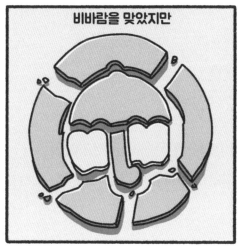

비바람을 맞았지만

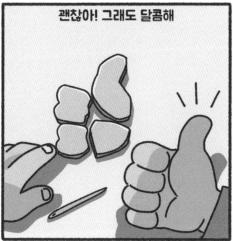

괜찮아! 그래도 달콤해

세상이 너를 향해 소리치고 있어
축복한다고, 사랑한다고.

클로버

알고 싶은 한 가지

멘토

멋있는 아저씨

넘어져도 좋아 하지만 무너지지 마
울어도 좋아 하지만 좌절하지 마
너의 존재 자체가 너무나 소중하니까

아름다운 선물

나의 위로

한방

시력

이숨네컷

가득

달팽이 형제

표류

저 별은 좋겠다

이숨 네 컷

작심삼일

길

돈이 아니어도
상이 아니어도
삶을 일으켜 세우는 힘

너에게

배송

3장
우리가 살아가는 다채로운 세상

공포의 치과

거울

행복은 가까이에

모닝커피

이숨네컷

커피를 마시다

별생각 없이 그린 낙서였지만

SNS에 처음 올린 그림이라

제겐 특별한 의미가 있어요.

상승

응급환자

재회2

지하철의 미스터리

휴식

맛

사냥

어쩌면 내일은
그게 바로 나일지도

디자인

시비

이숨네컷

VIP

비극의 시작

퇴근길

양심

너의 이름은

특성

면회

오랜만이야
잘 지내고 있니?

난 잠들기 전 항상
너와 찍은 사진을 봐
엊그제 같은데
벌써 1년이 넘었네

함께 거닐던
그 시절이 너무 그리워..!

면회
끝났습니다

여권은 내가 잘 보살피고
있으니까 걱정하지 마
끝까지 기다릴게!!

쇠똥구리

삶을 가득 채우다 보면
커지기보다
단단해지기 마련이니까

이별

이숨네컷

환생 옵션

후보

고장

드디어 연휴로구나
다들 푹 쉬고 오세요~

네 사장님!

우와 신난다!

연휴 다음날
아침

삐익~
삐익~

이거 또 이러잖아?

왜 매번 연휴만
끝나면 고장이지?

이해를 못 하겠네..

한 달 후

이숨네컷

잘못된 4등분

Special   <이숲 네 컷>에서만 만나는
특별한 순간들

Special 1.
SOOM INTERVIEW

독자이벤트를 통해 독자 여러분이 만들어주신 질문으로 구성했습니다.
참여해주신 여러분께 다시 한 번 감사드립니다.

1.
작가님 필명 뜻이
궁금해요.
(sn***ee_lee)

종종 받는 질문인데요. 사실 큰 뜻은 없고 정말 쉽게 지은
이름이에요. 제 본명을 빠르게 발음하면 '숨'과 비슷하게
들리거든요.
그리고 호흡이란 뜻이 있잖아요. 저는 '숨' 하면, 삶과
인생이 연상됐거든요. 단어가 주는 살아있는 느낌이
마음에 들어서 사용하게 되었어요.

2.
작가님의 MBTI는
무엇인가요?
(eu***_9.03)

제 MBTI는 'ENFJ'입니다. '정의로운 사회운동가'
유형으로 사교성이 풍부한 성격이라네요. 실제 성격도
상상을 자주 하고(N), 감정적이고(F) 미리 계획을 세우는
편이라(J) 대부분 맞는 것 같아요.
하지만 사교성 부분은 조금 낯을 가려서 편한 사람들과
있을 때는 외향적인 E, 익숙하지 않은 분위기에서는
내향적인 I를 오가는 것 같아요. 저는 I에 가까운 E인
걸까요?

3.
이숨님의 반려동물 이야기들은
항상 인상 깊게 다가오는 것 같습니다ㅎㅎ
자랑하고 싶은
반려동물이 있으신가요?
(lo***sharsh_)

강아지 이야기의 모든 영감과 소재는 저와 함께 살고
있는 '깜순이'가 만들어 주었어요.
깜순이는 8살 된 블랙 푸들인네요 그동안 단 한 번도
으르렁 거리거나 사납게 짖는 걸 본 적이 없어요.
이름처럼 성격이 정말 순한 아이에요. 사람을 좋아해서

집에 누군가 찾아오면 저는 안중에도 없다는 점이 가끔 서운하지만 깜순이를 만난 건 제 인생의 손꼽히는 행운이에요.

4.
만화를 그리시게 된
계기가 궁금해요!
(al***kcat)

저는 오랫동안 애니메이션 회사에서 시나리오와 디자인 일을 했어요. 회사를 다니며 많은 것을 배우기도 했지만 항상 저만의 콘텐츠를 만들고 싶다는 목표가 있었어요. 결국 용기를 내어 프리랜서가 되었죠.
애니메이션은 혼자서 만들기에는 굉장히 많은 시간과 노력이 필요해요. 그래서 제가 가진 능력을 활용하면서 혼자서도 소화할 수 있는 장르를 고민하다 자연스럽게 네 컷 만화를 그리게 되었어요.

5.
만화를 네 컷으로
그리게 된 이유가 있으신가요?
(m.***iiin0306)

처음에는 보다 긴 흐름의 이야기를 준비했어요. 그런데 작업을 할 때 지나치게 고민하는 성향이 문제가 되었죠. 구상과 수정만 반복하다 결과물이 계속 나오지 않았어요. 시작에 대한 부담감을 덜어내고 가볍게 이야기할 방법을 찾아야 했어요.
그 과정에서 네 컷 만화가 떠올랐고, 어느새 이 책이 만들어지게 되었네요.

6.

작가님 인생의 장면 중
네 컷을 뽑아주세요!

(sa***ine.kkm)

이 책을 만드는 데 영향을 준 인생의 장면들이 떠올라요.
첫 번째 컷은 어린 시절에 만화책을 처음 본 장면. 만화책
보는 것을 좋아했어요 특히 '드래곤볼'을 보지 않았다면
그림이나 만화에 관심을 갖지 않았을 거예요.
두 번째 컷은 애니메이션 학과에 입학하는 장면.
고등학교 때 미술 과목을 가장 좋아했는데 대학에 오자
모든 과목이 미술 시간처럼 느껴졌어요. 제 인생에서
가장 행복하고 열심히 하던 시기였어요.
세 번째 컷은 회사를 그만두고 나오는 장면. 미래에 대한
설렘과 불안감이 뒤섞인 그 기분을 잊을 수가 없네요.
네 번째 컷은 커피를 마시며 첫 번째 인스타툰을 그리는
장면. 20분 만에 그린 '모닝커피' 작품이 제 네 컷만화의
시작이었어요.

7.

작품 활동하시면서
가장 행복했던 순간은 언제인가요?

(sl***hining)

가장 행복한 순간은 작품에 달아 주시는 댓글을 읽을
때예요. 작품 안에는 제가 겪은 사건이나 감정들이
간접적으로 녹아 있는 경우가 많은데요, 공감해 주시는
댓글을 보면 작품이 아닌, 제 기억에 대한 위로와 응원을
받는 기분이 들어요. 어느덧 270개가 넘는 작품을
만들었지만 아직도 업로드 하기 전엔 매번 두근거리고
설레는 마음이에요. 이런 행복함이 없었다면 2년 간
꾸준히 작업을 하긴 어려웠을 것 같아요.

이숨네컷

8.

항상 너무 좋은 메시지를
담백하면서도 특별하게,
예쁘게 표현하신다고 생각했어요!
만화를 그리실 때
어디서 주로 영감을 얻으시나요?
(k_***jor)

대부분 평범한 일상에서 영감을 얻고 있어요. 그렇기 때문에 특별한 감정이 조금이라도 느껴지면 그 순간을 놓치지 않으려 노력해요. 서둘러 메모를 하는 경우도 많고요. 예를 들면, 지하철에서 도란도란 대화를 나누시는 할머니들을 마주치거나, 산책 중인 강아지들의 행복한 표정 보거나, 혹은 TV에서 가슴 아픈 유기견 뉴스가 들려올 때 스치듯 지나가는 감정들이 있잖아요? 이런 따뜻하고, 귀엽고, 안타까운 마음들을 흘려보내지 않고 자세히 살피다 보면 네 컷 만화를 만들어주는 재료를 찾게 되는 것 같아요.

9.

작가님은 혹시 슬럼프 오신 적 있으세요?
있다면 어떻게 극복하셨는지 궁금합니다.
삶을 열심히 달려가다
잠시 멈춰 있는 사람들에게
하고 싶은 말을 해주셔도 좋을 것 같아요!
(ca***oro)

네 컷 만화는 반짝이는 아이디어가 중요하기 때문에 작업을 하면서 수없이 많이 경험해요. 저에게 슬럼프는 밀려오고 멀어지기를 반복하는 파도와 같이 느껴지죠. 온종일 책상에 앉아 있고도 며칠씩 아무것도 그리지 못할 때가 있어요.
차분히 음악을 들으며 커피를 마시거나, 작업에 대한 걱정을 잊고 산책을 하다 보면 자연스럽게 다시 아이디어가 떠오르고 슬럼프가 사라져요.

10.

만화를 그릴 때나 그리기 전후의
루틴이 있으실까요?
(sw***closed)

저는 몸을 움직일 때 아이디어가 잘 떠오르는 편이라
작업 전에 가벼운 산책을 자주 해요.
그리고 만화를 다 그리고 나면 여러 번 반복적으로 읽는
습관이 있어요. 의도와 다르게 전달되거나 보는 분들께
상처를 줄 만한 내용이 있을지도 모르니까요.

11.

작가님이 그리신 네 컷 만화 중에
가장 기억에 남는 만화는 무엇인가요?
(i.***m1n)

여러 작품이 있지만 그중에서도 제일 처음 그렸던
모닝커피 만화가 기억에 남네요.
계정에 첫 업로드하고 하루가 지나자 좋아요가 15개
정도 달리고 팔로워가 3~4명 생겼는데 그게 너무
신기하고 기뻤어요. 감사하게도 지금은 훨씬 많은
좋아요와 댓글을 받고 있지만 첫 글에 달렸던 15개의
좋아요는 잊지 못할 거예요.

12.

작가님의 작품에는 사랑이
담겨있는 것 같아요.
작가님이 생각하시는 '사랑'이란
어떤 걸까요? 작가님의 사랑에 대한
정의가 궁금해요
(lu***fullmoon_)

화분에 충분한 햇빛이 있어야 잎사귀가 자라고 꽃이
피어나잖아요? 사랑은 사람에게 햇빛 같은 존재가
아닐까요? 사랑을 받아야 밝고, 건강하고, 강해질 수
있다고 생각해요.
제 만화 중에 '길'이란 작품이 있는데요, 실패로 인해 많은
사람들의 비난과 조롱을 당하지만, 사랑하는 사람의
응원으로 다시 일어난다는 내용이에요.

나에 대한 믿음과 자신감은 사랑받았던 기억에서
비롯되는 것 같아요. 그래서 사랑하고, 사랑받고, 사랑을
표현하는 것은 정말 중요하다고 생각합니다!

13.
크게 만화가 동식물과 사람 캐릭터들로
구분이 되는데, 특별한 이유가 있는지
궁금합니다.
(dr***ful_jennie)

네 컷 만화는 짧은 내용 안에 메시지를 전달해야 해서
비유와 은유 많이 사용하게 돼요. 이를 가장 효과적으로
표현해 줄 수 있는 캐릭터를 고르는 것 같아요.
예를 들면 좋아하는 가수를 응원하기 위해 머리를 쳐
박수소리를 내는 지렁이나, 몰려드는 나비와 벌을 보며,
아름다운 친구들이 많다고 행복해하는 튤립처럼요.
하지만 이런 이유와 관계없이 사람보다는 동물 그리는
것을 좋아해서 동물 캐릭터를 그릴 때도 많아요.

14.
작가님은 평소에 만화를 그릴 때
추구하는 가치관이나
좌우명이 있으신지 궁금합니다!
(se***eon2308)

차별, 갈등, 미움을 이용해서 공감을 얻는 이야기는
만들고 싶지 않아요.
네 컷을 읽는 짧은 몇 초 만이라도 따뜻함을 드릴 수
있다면 좋겠어요.

15.
네 컷 만화보다 긴 만화도
그릴 계획이 있으신지 궁금합니다!
(mo***_sung)

SNS계정에는 7~10페이지 분량의 광고 만화도 함께
올라오는데요, 작업을 하면서 네 컷 만화와는 또 다른
재미를 느꼈어요. 올해는 광고와 비슷한 분량의 단편
작품도 만들 계획이 있습니다.

16.
2년 동안 만화를 그리셨는데요.
그 수많은 이야기를 관통하는
주제가 있는지 궁금해요!
(wo***yeon)

마음의 여유를 잃고 바쁘게 살다 보면 이를 당연히
여기거나 무심코 지나치게 되는 것 같아요.
저는 제 만화를 읽으시는 짧은 시간 만이라도 이런
소소한 행복과 감사함을 떠올리실 수 있는 이야기를
만들고 싶어요.
아침마다 날 깨워주는 강아지나, 오늘따라 유난히 맑고
높은 하늘, 가족과 함께 먹는 맛있는 저녁식사처럼
일상에서 감사한 일들이 정말 많아요.

17.
작가의 꿈을 가지고 있는 사람들께
한마디 부탁드려요.
(ia***yoon._.322)

돌아보면 저는 뭐든지 시작이 가장 어렵고 망설여졌던
것 같아요. 작가로서 첫 발을 내딛는 데에 많은 용기가
필요했어요.
그래서 작가의 꿈을 가진 분들께 이런 말을 드리고
싶어요. 서툴러도 괜찮아요 완벽에 집착하지 마세요
용기를 내서 마음껏 표현해 보세요!

18.

인생, 혹은 작품에서의
최종 목표는 무엇인가요?

(♀♀***♀♀♀♀♀_kk)

큰 성공이나 성과를 거두는 것도 중요하지만 무언가를
꾸준히 한다는 것만으로도 의미 있는 일이라 생각해요.
앞으로도 건강하고 행복한 마음으로 작업을 계속하는
것이 가장 큰 목표예요.
그래서 올해는 일과 작업도 중요하지만 운동을 더
열심히 하고, 좋아하는 사람과 많은 시간을 함께 나누고
싶어요.

Special 2.
이숨 네 컷, 그 이후

나비와 콩벌레 (2022년 12월 14일 업로드)

......

Special 3.
이숨 네 컷 더하기

추억환전소

뭐라고요? 받았던 금화의 세 배를 내라고요?!

일주일 전 저와 거래하실 때 이미 설명드린 내용입니다

그 거래명세표에도 적혀있을 텐데요?

아.....

후미진 곳에 있는 어둡고 비좁은 골목

반쯤 넋이 나간 듯한 사람들을 헤집고 들어가면

막다른 곳에 자리 잡고 있는 묘한 가게가 있다

언뜻 작은 선술집처럼 보이는 이곳은

믿기 힘들지만 사람들의 추억을 돈으로 바꿔주는 추억 환전소다

오는 이들은 대부분 삶의 벼랑 끝에 몰린 사람들이며

부탁입니다!!
뭐라도 좋으니 좀 사주세요!!

죄송하지만 돈이 될 만큼
가치가 있는 추억이 없네요

험악한 빚 독촉에 시달리는
나 역시 예외는 아니다

...윽!
갚을게요!!

빚을 감당치 못한
나는 이곳에 추억을
팔았고

이 돈으로도
빚 갚기엔 모자라..

지푸라기라도 잡는
심정으로 도박장을
찾았다

CASINO

운이 좋게 돈은 세 배로 불어났다

이게 초심자의 행운인가?

내가 무슨 추억을 팔았는지는 모르겠지만

게임을 계속하시겠습니까?

아니요 이 정도면 충분해요

어차피 그 추억과 관련된 것은 전혀 기억나지 않을 것이라 했다

역시 죽으란 법은 없구나 빚을 갚고도 많이 남겠네!!

이제 빚쟁이들에게 끌려가 두들겨 맞는 일은 없을 것이다

으으으윽...

그런데

으아악!!

제가 유일하게 참지 못하는 게 뭔지 아십니까? 빛날 기회도 없이 사라지는 가치들이에요!

그런데 세상엔 자신이 가진 축복을 쉽게 버리는 사람들이 정말 많아요!

그런 형편없는 주인보다는 진정한 가치를 알아봐 주는 제게 있는 것이 더 나은 일 아닌가요?

전 과거부터 미래까지, 그 가치를 알아보는 넓은 안목을 가졌거든요!

그.. 그럼 제가 뭘 팔았는지라도 알려주시면 안 될까요?!

왜 그래야 하죠? 제게는 아무런 이득도 없는데요

삶의 목적과 의미을 팔고
가게 앞을 서성이는

저 넋 나간 눈빛들..

혹시 나도...?

주세요!!

아쉽군요 꼭 간직하고 싶었는데...

자 이걸 마시면
모든 게 돌아옵니다

이숨 네컷

아..

참 지난주에 가방을 두고 가셨어요 기억하시나요?

가방 속 스케치들?

맞아 머릿속을 맴돌던 건 내가 그린 그림이구나

내 주제에 사랑하는 연인과 아늑한 집을 기대하다니.. 모든 게 원점이네 돈 한 푼 없는 화가로 돌아왔어

이숲네컷

어?

아 이런!
나도 모르게 그만...
빚이 얼마죠?

예? 그..금화 40개

툭!

그 정도 거래라면
전 다른 걸 받아야겠네요

제가 유일하게 참지 못하는 게 뭔지 아십니까? 빛날 기회도 없이 사라지는 가치들이에요!

그런데 세상엔 자신이 가진 축복을 쉽게 버리는 사람들이 정말 많아요!

전 과거부터 미래까지, 그 가치를 알아보는 넓은 안목을 가졌거든요!

내 그림이?

다시는 버리지 않을 거야

이숲 네 컷

: 마음속 빈칸을 하나씩 채워줄게요

1판 1쇄 발행 | 2023년 4월 28일

지 은 이 | 이숲

펴 낸 이 | 김무영

편집팀장 | 황혜민
책임편집 | 조한나
디 자 인 | 김다은
인   쇄 | ㈜민언프린텍
종   이 | ㈜지우페이퍼

펴 낸 곳 | 텍스트CUBE
출판등록 | 2019년 9월 30일 제2019-000116호
주   소 | (03190) 서울시 종로구 종로 80-2 삼양빌딩 311호
전자우편 | textcubebooks@naver.com
전   화 | 02 739-6638
팩   스 | 02 739-6639

ISBN 979-11-91811-19-3 (03810)

세상에서 가장 즐거운 읽기,
텍스트CUBE는 독자 여러분께 좋은 책과 더 좋은 책 경험을 드리고자
언제나 최선을 다하겠습니다.